鬥嘴一班 ⑨

誰是冠軍?

卓瑩 著

U0099834

新雅文化事業有限公司
www.sunya.com.hk

目錄

人物介紹

高立民

班裏的高材生，為人熱心、孝順，身高是他的致命傷。

文樂心

（小辮子）

開朗熱情，好奇心強，但有點粗心大意，經常烏龍百出。

江小柔

文靜溫柔，善解人意，非常擅長繪畫。

胡直

籃球隊隊員，運動健將，只是學習成績總是不太好。

黃子祺

為人多嘴，愛搞怪，是讓人又愛又恨的搗蛋鬼。

周志明

個性機靈，觀察力強，但為人調皮，容易闖禍。

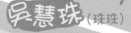**吳慧珠**（珠珠）

個性豁達單純，是班裏的開心果，吃是她最愛的事。

**謝海詩**（海獅）

聰明伶俐，愛表現自己，是個好勝心強的小女皇。

第一章　狂妄自大

　　每逢秋色滿天的日子，能抽空到
戶外舒展一下筋骨，絕對是一件賞心
樂事。可惜同學們每天都得上課，無

法隨意外出，故此體育科的胡老師總
愛趁着上體育課之便，帶同學來到操
場，讓他們跟慈愛的太陽伯伯來一個
熱情的擁抱。

　　這天就是一個美好的秋日，胡
老師捧着一個排球來到操場，預備向
同學講解排球的基本技巧：「我即

將示範的是『上手發球』，大家要注意發球姿勢啊！」

胡老師從容不迫地走到位於球場末端的發球區，首先凝神望向前方，擺出預備發球的姿勢，然後以左手高舉排球，再輕輕把它往上一拋，右手緊接着用力一拍。

大家只聽得清脆的一

聲響，排球便像炮彈似的迅速越過網

頂，不偏不倚地落在對面的

底線前。

同學們都嘖嘖有聲地讚歎道：
「胡老師很厲害啊！」

胡老師環視了大家一眼，微笑着
問：「你們都看清楚了吧？」

黃子祺見胡老師輕而易舉便能辦
到，也就大言不慚地說：

嘿，這個「上手
發球」也沒什麼
難度嘛！

周志明很是驚奇地問：「喔，原來你懂得打排球嗎？」

黃子祺笑着誇口說：「不過就是把球打進對方的範圍而已，有什麼難度？」

高立民見他如此狂妄自大，忍不住冷笑道：「喲，我真想見識一下你的本領啊！」

胡老師似乎聽到什麼似的朝他們的方向掃了一眼，然後饒有深意地笑道：「看來大家對排球都並不陌生，不如我邀請一些同學出來表演一下吧！」

大家嚇得急急垂下頭來，不敢跟胡老師對上眼，以免成為首當其衝的「倒霉鬼」。

「老師，我想試試看！」高立民自動請纓地舉手，一雙熠熠發亮的眼睛逼視着黃子祺，似乎在説：「怎麼樣？你敢接受挑戰嗎？」

黃子祺在運動方面其實不怎麼樣，剛才的話也不過是順口胡說，但現在高立民當眾向他下戰書，如果他拒絕的話，豈不是太沒面子了嗎？於是他只好跟着舉手，說：「老師，我也想試試。」

　　胡老師笑着點點頭道：

很好！

在胡老師一聲令下，高立民不慌不忙地捧着排球走到發球區，模仿胡老師的姿勢，重重地發力一擊，排球恰恰越過網頂落下。

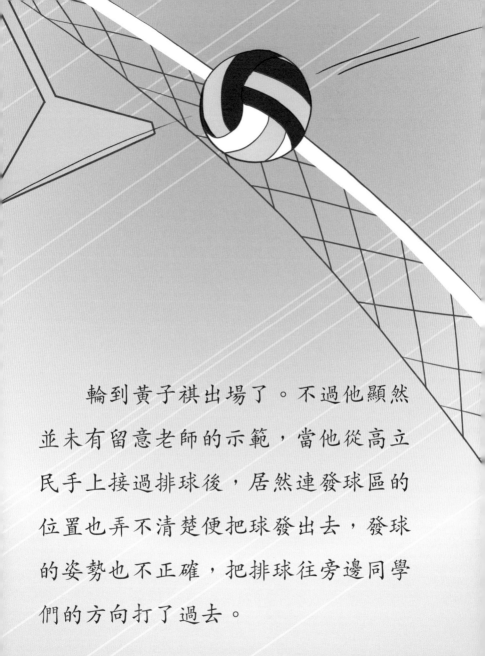

　　輪到黃子祺出場了。不過他顯然
並未有留意老師的示範，當他從高立
民手上接過排球後，居然連發球區的
位置也弄不清楚便把球發出去，發球
的姿勢也不正確，把排球往旁邊同學
們的方向打了過去。

　　看到排球朝自己飛來，同學們都急忙往左右躲避，江小柔更是害怕得捂住眼睛不敢看。不過大家都過慮了，黃子祺擊球的力度不足，排球根

本沒能飛出多遠便「啪」的一聲落回地面。

謝海詩掩着嘴角悄聲說：「想不到他比女生還要嬌氣啊！」

大家聽了都忍不住低聲暗笑。

高立民見狀可就得意了，故意舉起雙手，再次擺出發球的姿勢說：「算你們走運，讓你們見識到真正的高手了呢！」

文樂心朝他翻了個大白眼，說：
「真不害臊！你也不過比黃子祺略勝
一籌而已。」

　　高立民用拇指一點鼻頭道：「你
這個笨女生懂什麼？我才不像他那麼
笨手笨腳呢！」

　　這時，黃子祺正垂頭喪氣地回到
隊伍中，剛好把他這句話聽了進去，
不由得火冒三丈地說：「這是我第一
次打排球，表現不好也情有可原，就
算你打得比我好一點，也不應該在別
人背後說三道四，真過分！」

　　高立民沒料到黃子祺會聽到自己

的話，頓時有些窘迫地解釋：「我並沒有要取笑誰的意思，我只是就事論事而已。」

黃子祺這下反而更生氣了，他心想：「剛才我分明聽得清清楚楚，他卻還在狡辯，真厚臉皮！」不過雖然他很想反唇相譏，但又擔心會再被嘲笑，只好悻悻地別過了臉，心裏暗罵：「可惡的自大狂，下次我一定要打敗你！」

第二章　冤家路窄

　　兩星期後的一天，胡老師吩咐同學們到二樓的室內運動場上體育課。大家剛踏進運動場，便發現原本空曠的運動場中央，放了許多張乒乓球桌，而胡老師則倚着最靠近入口的一

張桌子，笑眯眯地朝大家招手。

女生們一看到老師手上的乒乓球拍，便一個個苦着臉歎道：「哎喲，怎麼又是難度高的項目呀！」

「喲，太好了！」胡直卻歡呼一聲說：「除了籃球外，乒乓球可是我的第二強項啊！」

「我們終於有機會切磋了呢！」高立民邊說邊摩拳擦掌。

黃子祺瞅了高立民一眼，不滿地喃喃自語：「這人真愛賣弄，不知情的還真以為他是高手呢！」

　　胡老師為大家講解完發球和擊球等基本技巧後，便開始點名，要求同學以二人為一組進行練習：「文樂心和江小柔、吳慧珠和謝海詩、胡直和周志明⋯⋯」

　　文樂心和江小柔笑嘻嘻地一擊掌，異口同聲地說：「原來老師也知道我們是最佳拍檔呢！」

　　運動最弱的吳慧珠挽住謝海詩的手臂，好不親暱地笑道：「海詩，你

是女生當中最棒的，有你在我便什麼
都不怕。」

　　謝海詩被吳慧珠的過分熱情惹出
了一身雞皮疙瘩，忙急急拂開她的手
說：「乒乓球又不是妖魔鬼怪，有什
麼好怕的？」

每個同學似乎都找到最佳拍檔，唯獨黃子祺是個例外，他的搭檔竟然是他最看不順眼的高立民！他不禁暗暗叫苦：「難道老師是故意要為難我嗎？怎麼千不挑萬不挑，偏偏就是他！」但無奈老師的命令不可違，他只能硬着頭皮上前迎戰。

　　高立民早已站在球桌旁邊等着，只見他握着球拍，緩緩地擺好姿勢，待黃子祺來到桌前站好，他才不慌不忙地把球發過去。

　　高立民並非只是吹牛，單憑他握球拍和發球時的姿勢，便知道他

的確不是個初哥，但如此一來，黃子祺也就更膽怯了。他兩眼圓睜，火眼金睛地緊盯着高立民手上的乒乓球，口中唸唸有詞地叮囑自己：「這次我無論如何也不能再失威了。」

　　黃子祺大力地揮動球拍，滿以為必定可以把球打回去，沒想到乒乓球竟然就在距離球拍只有兩厘米的位置擦身而過，「噠噠噠」的往地上跳舞去了。

「你應該看準一點再打啊！」高立民以專家的口吻說。

「誰說我沒看準？只是差了那麼一點點而已！」黃子祺不悅地一抿嘴，彎腰把球拾起便隨即把它再發出去；可惜球被打歪了，一下子又落回地上，氣得黃子祺直跳腳。

高立民搖頭歎息道：「你如此急

着發球幹嘛？要先擺好

姿勢啊！」

　　黃子祺聽得光火，心下也就越發

着急。不過也許就是因為他太急於求

勝，接下來的好幾球不是撞上網後反

彈回去，就是把球打到了外太空，其

中一次更把球打到隔鄰的乒乓球桌上

去了。

帶勁的乒乓球擊中江小柔的手臂，痛得她按着手臂大喊一聲：「哎呀！」

　　跟她對打的文樂心吃驚地扔下球拍，關心地上前查看：「小柔你沒事吧？」繼而回頭瞪了黃子祺一眼，説：「請你小心一點！」

　　黃子祺被嚇得慌了，趕忙跟小柔

作揖，説：「對不起啦，我不是故意的啊！」

　　江小柔揉着手臂，勉強笑説：「不要緊，我沒事。」

　　旁邊的周志明走過來搭着黃子祺的肩膀，開玩笑道：「兄弟，看來你真的要下點苦功才行了！」

大家聞言都忍不住吃吃地偷笑。

臉皮薄的黃子祺哪能受得住？一張臉霎時通紅，氣呼呼地吼回去：「笑什麼？難道你們就沒有失過手嗎？」他覺得自己今天的運氣真差，竟然會碰上高立民這個剋星，但原來最倒霉的事情還在後頭呢！

課堂結束前，胡老師忽然向大家宣布：「再過兩周就是體育科的考試，而這次考試的範圍，就是要求大家以現在的二人組合進行排球或乒乓球的對打，從中考驗大家在各方面的技巧。為確保大家能有充分的準備，往

後的兩個星期，除了課堂的練習外，我建議大家爭取午休的時間，跟自己的搭檔多練習，以便建立默契。」

黃子祺一拍額頭，低聲慘叫：「不會吧？怎麼連考試我也得跟這個冤家黏在一起？也實在太冤家路窄了吧！」

第三章　水火不容

　　為了挽回面子，在隔天上體育課的時候，黃子祺決心要在人前好好表現，無論打排球還是打乒乓球都特別積極。可惜礙於他的技術畢竟比不上高立民，因此在跟他對練的時候，還是頻頻出差錯，這令他既焦急又難堪，但他越是如此，便越是力不從心。

　　高立民皺起眉頭，勉強跟他對打了十數回後，終於按捺不住道：「考試快到了，拜託你認真一點行嗎？」

　　其實高立民這句話並無惡意，但

被心中本已有刺的黃子祺聽在耳裏，卻變成是故意挑剔的意思，他一臉灰溜溜地說：「我才剛學打乒乓球沒幾天，打得不好有什麼稀奇？你不過是仗着比我多學了一招半式而已，神氣什麼？」

高立民見黃子祺曲解了自己的意思，只好加以解釋：「你別誤會，我不過是想提醒一下你罷了！」

黃子祺雙手交疊胸前，一抿嘴角說：「誰要你來多管閒事？」

看到他一副毫不領情的樣子，高立民的臉色沉了下去，用力地一咬嘴

唇說：「要不是胡老師把我跟你編在一組，我才懶得管你呢！」

這句話無疑是火上添油，黃子祺憤怒地脫口而出：「既然你這麼了不起，就別跟我搭檔算了！」

「好哇，這句話是你自己說的，你可別後悔！」高立民真是徹底被他氣瘋了，馬上回身找胡老師說：「胡老師，我實在無法跟黃子祺同組，請你把我調到別組可以嗎？」

黃子祺話剛出口便已經後悔了，

但他沒料到高立民真的
會跑到老師面前告狀，
一時間也不知該怎麼反
應才好。

　　胡老師只審視了二人一眼，便把
事情的來龍去脈猜了個八九分，於是
他搖搖頭說：「運動最講求的就是團
隊精神，如何跟隊友配合也是你們要
學習的課題之一。」

　　雖然明知老師大多不會答應，但
高立民還是難掩失望之情，跺腳歎息
道：「我怎麼會碰上如此蠻不講理的
傢伙呢！」

在旁目擊一切的胡直理解地拍了拍他的肩膀道：「算了吧，不過就是兩周的時間而已，忍一忍就過去了！」

　　高立民撓着頭苦惱地說：「可是我的體育科考試怎麼辦呢？」

　　胡直安慰他說：「放心吧，剛才胡老師不是已經把一切都看在眼裏嗎？誰對誰錯，胡老師必定心中有數

的。」

「真的會嗎？」高立民仍然半信半疑，但總算略為寬心。

然而自從當眾上演了這麼一齣鬧劇後，黃子祺和高立民的關係便迅速惡化到水火不容的地步。

第二天午飯後，同學們都相繼跑到操場練球去了，只有黃子祺伏在桌子上睡懶覺，絲毫沒有要和高立民練球的意思。

高立民只斜睨他一眼，也懶得理睬他，便自個兒跑到操場，捧着排球練習發球。

正在跟周志明一起練習的胡直眼見高立民孤伶伶一個人，忙關心地跑上前問：「黃子祺真的不來練球嗎？」

高立民寒着一張臉，發狠地道：「哼，別管他，我就不相信我不能沒有他！」

胡直知道高立民只是在說負氣話，但既然黃子祺執意不肯練習，也是沒辦法的事，於是主動邀請高立民說：「不如你跟我們一起練習吧。」

周志明也贊同地點點頭道：「只要你的技術好，跟誰對打還不是一樣嘛！」

「好，你們果然是我的好兄弟！」高立民這才轉憂為喜地笑了。

第四章 兩敗俱傷

　　到了體育科考試的那一天，胡老師先把同學齊集在運動場，向大家講解考試規則：

這次考試將會集中考驗大家的排球技巧，每組同學都會有五分鐘的時間跟組員對打，而在對打的過程中，雙方要合力做出一次正確的發球和接球動作，方能得分。

　　江小柔對排球有一種莫名的恐懼感，每當排球向她飛來時，都會下意識地想要躲開去，她不禁擔心地跟拍檔文樂心說：「為什麼不是考乒乓球啊？我一看到排球飛過來便雙腿發軟了，怎麼辦？」

　　雖然文樂心自己也信心缺缺，但仍然樂觀地安撫她道：「別怕，沒事的。」

吳慧珠也一個勁兒地搖着謝海詩的手問：「我連發球也沒學懂，怎麼考試啊！」

　　謝海詩托了托眼鏡，一副愛莫能助的樣子道：「反正已經要考了，你自己看着辦吧！」

　　吳慧珠登時臉色慘白，尖聲喊

道：「別這樣嘛，我們是好拍檔啊！」

胡老師解說完畢後，便開始讓大家輪流出場應試，而首先出場的一組，是胡直和周志明。

早已有「籃板殺手」稱號的胡直，在其他運動上的表現也絕不遜色，胡老師只要求基本的發球和接球動作，當然難不倒他。但無奈他的對手周志明打球不懂得施力，他的發球十居其九連網線也無法超越，令胡直空有一身本領也難以施展。當胡老師吹響哨子，宣布五分鐘已過的時候，也只僅僅完成了兩球，令胡直沮喪得

連路也幾乎不會走了。

　　周志明還滿不在乎地安慰胡直，說：「算了吧，反正體育科又不是主科，分數高低也沒什麼要緊啦！」

　　江小柔和文樂心眼見連球技了得的胡直也都出師不利，心情便更緊張了。幸而江小柔早已跟文樂心暗中約定了發球方向，她們在最後一分

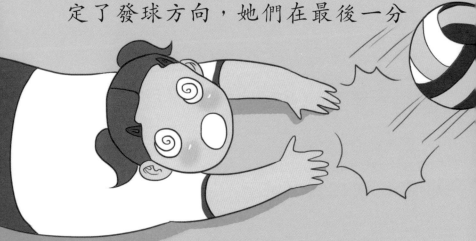

鐘，終於順利完成了一球，算是勉強過關。雖然胡老師仍然很不滿地皺着眉，但江小柔和文樂心已經安心地吁了一口氣。

至於最搞笑的，則莫過於吳慧珠和謝海詩這一對了。當吳慧珠使勁地把球擊出去時，擊球的右手一時打

歪，只觸及排球的邊緣，球雖然仍然發了出去，但強勁的衝力令她收不住腳，整個人向前伏倒在地。站在另一端的謝海詩搖頭歎氣，以為自己這一球要落空了，誰知球竟能剛好越過了網線，反應敏捷的她急忙跳上前搶救，球是成功打了回去，不過她卻跟珠珠一樣落在地上。

周志明忍不住捧腹大笑道：「你們這招五體

投地的招式，絕對是天下無雙呢！」

　　他此話一出，頓時惹來了全場的笑聲，唯獨黃子祺沒有笑。假若換了平日，黃子祺必定會是第一個帶頭笑的人，然而在面臨即將出場考試的瞬間，他實在無法笑得出來，因為他幾乎可以預見自己的表現會比珠珠還要差。

　　而黃子祺果然是有些自知之明，在五分鐘的發球時間裏，他居然沒有一球是能成功過網，令高立民平白無辜地失去接球的分數。當輪到高立民發球時，黃子祺亦未能把球成功地打

回去，結果雙雙考
試不及格。

　　事後，高立民
怒氣沖沖地指責他
道：「都是你害的！」

　　黃子祺也心有不甘地罵回去：
「你的球好像長了眼睛，無論我站在
左邊還是右邊，它都會往相反的方向
飛，說不定是你故意要讓
我難看的！」

　　被黃子祺如此冤
枉，高立民登時怒
不可遏回應道：

「我才沒有你那麼壞心眼！」

　　坐在最後排的謝海詩起初只是冷眼旁觀，及後見他倆吵得越來越兇，終於冷冷地插嘴道：「這兩星期以來，我們每個人都在認真地跟自己的組員一起練習，而你們卻只顧着玩冷戰遊戲，考不好也是理所當然的，有什麼好抱怨？」

　　高立民立刻糾正她道：「我每天也有練習，只有他自己在睡懶覺而已！」

黃子祺承認自己故意不去練習很不對，但高立民不是也丟下他這個隊友不管不顧嗎？憑什麼把過錯全推在他一個人身上？黃子祺怒火中燒地說：「好呀，那我們便來個正式的比拼，看看到底誰勝誰負吧！」

「比就比，誰怕誰呀！」高立民毫不猶疑地答應。

同學們聽說他們要進行比拼，都雀躍地議論起來，當中以周志明最興奮，還以黃子祺好友的身分自居，主動代他討公道：「排球和乒乓球都是高立民的強項，假若再以這兩項運動來作比試，對黃子祺很不公平啊！」

　　高立民下巴一昂，道：「那你們說要怎麼比，我奉陪到底就是了！」

　　胡直也湊熱鬧地插嘴道：「不如比試一些最基本的體能動作，例如：仰臥起坐、掌上壓等等，這些動作都是大家一定做得到，亦是最能考驗體

能的測試。」

　　黃子祺和高立民互不示弱地瞪着
對方，異口同聲地答應：「好，一言
為定！」

第五章　一決雌雄

　　在約定的那一天午飯時間，同學們匆匆忙忙地用過午餐後，便爭先恐後地跑到操場，想要霸佔有利位置觀看黃子祺和高立民的大決戰。

　　這個時候，太陽伯伯似乎已有
點慵懶，一隻腳稍稍跨出了校園的範
圍，但另一隻腳卻仍留戀地勾在圍牆
邊上，彷彿非要把這場好戲看完才願
意離開似的。

　　至於兩位主角則早已雙雙端坐在

操場的一角，等待充當臨時裁判的周志明發號施令。

周志明舉起手看着手錶，裝模作樣地向眾人解說：「第一個回合是仰臥起坐，兩位選手同樣限時三分鐘，以誰能做得較多為勝。」

在他的一聲令下，黃子祺和高立

民便迅速進入作戰狀態，急急把身子躬前，一起一落地做着仰臥起坐的動作，比起上體育課時賣力得多。

「一、二、三、四……」圍觀的同學一邊為他們數算着，一邊在旁吶喊助威。

好一會兒後，周志明在旁提醒：「還剩下三十秒。」

黃子祺暗中注意着同學們的報數，當他聽到自己跟高立民只有一兩下的距離

時，心中暗喜，於是也就越發拚命，一心想要藉此挽回面子，同學們也看得十分投入，打氣喝彩之聲不絕。

正當二人鬥得難分難解之際，

一把深沉的聲音忽然在人羣中發話：
「原來今天有這麼精彩的節目，怎麼
沒有人來向我通報一聲啊？」

　　霎時，原本熱鬧的操場靜了下
來，本來圍攏在一起的同學們都不由
自主地往後急退。

卧在地上的黄子祺和高立民抬頭一看，發現來人竟然是胡老師，嚇得霎時止住動作，慌里慌張地從地上一躍而起。

胡老師木無表情地端詳着他倆，語氣平淡地問：「你們在考試時是故

60

意隱藏實力的嗎？如果當時你們能像現在這麼認真，相信必定可以取得很好的成績。」

被當場逮住的他們害怕得臉都白了，畏怯地垂手立在一旁，聽候老師發落。

接着，胡老師轉而望向其他圍觀的同學，臉色一沉地斥責道：「同學間發生爭執，並且私下進行決鬥，身為同學的大家不但沒有想辦法勸阻，反而在旁邊搖旗吶喊，這是你們愛護同學應有的表現嗎？」

同學們都慚愧得低下頭來，不敢吭聲。

「你們考試時的表現令人失望，現在又把運動當作決鬥的工具，完全

不把運動當一回事，看來我得讓你們好好體驗一下什麼才是真正的運動了！」

胡老師橫了他們一眼，嚴厲地吩咐說：「下個月舉行的陸運會，你們每個人都得參加，請你們於明天中午前把參加表格集齊交給我，知道了嗎？」

待老師走遠後，大家都哭喪着臉地喊：「慘了！」

第六章 不自量力

對於平白無端地被胡老師責罰，同學們都覺得很無辜，紛紛向高立民和黃子祺抱怨：「都是你們不好！」

高立民雖然深感歉疚，但事已至此亦無法挽回，只能紅着臉連聲道歉：「對不起啦，我也不知道事情會變成這樣呢！」

而黃子祺竟罕有地跟他的看法一致，和應道：「就是嘛，誰能料到胡老師會突然出現！」

江小柔伏在桌上，盯着手上的陸

運會參加表格，唉聲歎氣地道：「沒
有一個田徑項目是我有把握的，怎麼
辦？」

　　吳慧珠也嘟着小嘴，好不惆悵地
說：「唉，每年的陸運會我都只是當
啦啦隊，從來也沒當過選手，教我挑
什麼項目參加才好？」

文樂心倒是無所謂地笑說：「不要緊啦，反正老師只要求我們參加陸運會，既沒有指定項目，又沒有指定數量，我們可以隨便參加一項就好！」

「可是我體內的運動細胞似乎還未成形，無論做什麼運動都無法做得好，我能選擇什麼項目啊？」吳慧珠托着胖胖的腮幫子說。

謝海詩眼珠伶俐地一轉，主動獻計說：「跑步、跳遠你不行，擲東西你總該會了吧？你可以參加擲網球啊！」

原本還有氣無力的吳慧珠，突然
復活似的彈起身來，喜形於色地説：
「沒錯！像我們這種弱不禁風的女
生，擲網球就是最合適的項目啊！」

文樂心和江小柔也歡天喜地地接腔道：「太好了，我們不必再傷腦筋了！」

　　周志明故意逗吳慧珠，說：「小豬，你要小心，千萬別再連自己也一併擲出去了啊！」

「哼，你先顧好自己吧！」吳慧珠朝他做了個鬼臉，也懶得再理睬他，便立刻低頭在參加表格上疾書起來。

一直沒作聲的黃子祺鬼鬼祟祟地往左右瞄了瞄，趁沒人注意自己，也悄悄地跟着選了擲球項目。

至於高立民則正興致勃勃地跟身後的胡直商量：「兄弟，不如我們一起參加二百米短跑，好嗎？」

「好呀！」胡直爽快地答應。

黃子祺暗中偷聽到他們的對話，心裏想：「好哦，既然我們不能私下

決鬥，那麼我便光明正大地跟他較量，我無論如何也要贏回一仗！」下定決心後，他便在表格上再加上二百米賽跑的項目。

然而決心歸決心，現實歸現實，現在距離陸運會只有一個月的時間，黃子祺深知自己必須抓緊時間練習，才有望跟高立民一較高下，於是在接下來的日子，黃子祺每天都提早回到學校，獨個兒在寧靜的操場上練跑。

這天早上，當他又在操場上跑步時，身後忽然傳來一把怪里怪氣的聲音：「曖喲，怎麼有人跑得像烏龜一

樣慢，居然還敢參加陸運會，真是不自量力！」

「是嗎？誰啊？」另一把男聲接口問。

那把尖酸的聲音又再「嘿嘿」一笑，還故弄玄虛地道：

遠在天邊，近在眼前啊！

黃子祺聽出這些話都是衝他而來，猛地回頭一看，只見一個身材高大的男生正倚着操場旁邊的石柱，一邊盯着他，一邊跟同伴「格格格」的放聲大笑。

他認得二人是鄰班的同學，長得高大的那個叫張浩生，比較矮小的是許立德，他們在運動的表現向來很不錯，他知道自己絕對比不上他倆，但

即便如此，他們也不能如此無禮啊！

　　「你們怎麼可以這樣嘲笑別人！」黃子祺生氣地質問他們。

　　張浩生似笑非笑地攤攤手說：「我又沒有說謊，這是事實，不是嗎？」

　　黃子祺氣極了，但又不知該怎麼回應，正窘迫得臉紅耳赤之際，胡直

不知從什麼地方冒了出來，不慍不火地說：「現在跑得慢有什麼關係？只要陸運會的時候能跑得快就行了！」

這時周志明剛好踏進校門，遠遠看見黃子祺被人欺負，忙氣急敗壞地跑過來，冷冷地插嘴道：「真正有本領的選手，才不會在練跑的時候便拼盡全力，省得讓對手窺探出自己的實

力呢！」

那兩個男生被胡直和周志明一輪搶白，頓時無言以對，只好悻悻然地走開了。

黃子祺感激地笑道：「謝謝你們呢！」

周志明朝他做了個加油的手勢：「客氣什麼？你要努力啊！」

胡直也鼓勵他說：「放心吧，距離陸運會尚有一個月的時間，一定來得及的！」

黃子祺用力地點頭，也同時向自己承諾道：「我一定會盡力而為的！」

第七章

奮發圖強

第二天早上，當黃子祺回到學校預備練跑時，卻見到一個熟悉的身影正站在操場上遙遙地跟他揮手。

那人是誰？黃子祺一怔，再仔細看清楚才發現是胡直，他驚訝地跑過去問：「為什麼你也這麼早回來啊？」

「當然啦，我也要鍛煉鍛煉嘛！」胡直揚了揚粗壯的胳膊。

黃子祺瞪大眼睛問：「你已經很出色了，還用得着鍛煉嗎？」

胡直一正臉色說：「為什麼不？運動本來就是講求持續性，我必須進行定時定量的體能訓練，才能保持最佳狀態啊！」

雖然胡直的解釋也挺合理，但黃子祺知道他是為了鼓勵自己才來的，一陣熱乎乎的感動立時漲滿了他的心窩。

不過他還是有些疑慮，忍不住問道：「你跟高立民是好朋友，你這樣幫我，不怕他會生氣嗎？」

胡直呵呵笑道：「怎麼會？在田徑場上比賽是公平競爭，大家都是憑自己的實力取勝，更何況他又不止你一個對手，有什麼好生氣的？」

黃子祺安心了，於是也就不客氣地抓住他的手，一個勁兒地催促道：「來來來，你快教我怎麼可以跑得快一點！」

「慢慢來，我們先從起跑動作開始吧！」胡直邊說邊蹲下身來，即時為他示範預備起跑時的正確姿勢，而黃子祺也很認真地學習。

胡直看着黃子祺的姿勢，滿意地

點點頭道：「不錯啊！」然後他們便雙雙起步跑了起來。

　　當周志明背着書包一蹦一跳地走進校園，發現胡直竟然和黃子祺一起跑步時，不禁訝異地問：「喲！胡直，怎麼你也要練跑？」

　　胡直笑着朝他招手，說：「在如此寧靜的早上，跟着空中的小鳥一起

跑的感覺很美妙，你要不要也來試一
試？」

　　本已蠢蠢欲動的周志明當然是求
之不得，忙把書包往旁邊一扔，便快
步地追上他們。

　　不一會兒，文樂心、江小柔和高

立民也相繼背着書包路過，文樂心見他們如此努力，語帶欣賞地說：「想不到黃子祺真的很有決心啊！」

高立民不以為然地嗤笑一聲，說：「他不過是一時意氣而已，看他能堅持多久？」

他的話雖然有些過分，但黃子祺的步速確實是比別人慢得多，而且力氣不繼，只不過跑了兩圈便累得氣喘如牛。胡直也看出了他的弱點，於是上前跟他說：「跑步時要深呼吸，吸氣和呼氣時的節奏也要保持穩定，這樣才能跑得更快、更長久。」

為了激勵黃子祺的鬥志，周志明還故意找話惹惱他：「喂，你這種慢得像蝸牛一樣的速度，哪有資格跟高立民比？你不如只參加擲球便算了吧！」

黃子祺果然中計，眼皮一翻地反駁：「誰說我比不上他的？」

　　原本他還像一頭累得快要倒下的驢子，猛然一挺身子，腳下也隨即加快，一下子變得生龍活虎起來。

　　周志明見這招激將法奏效，趕緊又再加油添醋地說：「如果你真想要打敗他，那便先過我這一關吧！」他邊說邊將腳步加快起來。

黃子祺當然不甘後人，急忙也加速地追在後頭。

　　周志明終於成功激起了黃子祺的雄心鬥志，但他起初仍然有點力不從心，幸而他並未氣餒，反而跑得越來越起勁，就連其他同學也被他們這股努力勁兒所感染，紛紛湊興地加入練跑的行列，令原本寧靜的操場，霎時變得熱鬧起來。

如此這般，時間便在他們的疾跑之間過去，黃子祺在步姿、呼吸和速度等各方面都漸漸有了很大的進步。這天早上，他居然還破天荒地跑贏了周志明，引來在場同學的一片歡呼喝彩。

高立民站在三樓的走廊上遠眺着

這一幕，眼見黃子祺在短短時日便有了大躍進，也不禁大為訝異：「倒真的不能小覷他啊！」

　　剛經過走廊的文樂心見高立民目不轉睛地盯着操場上的黃子祺，立時會意地抿嘴笑道：「如何？是不是開始感受到威脅了呢？」

「什麼威脅不威脅的？跟我有什麼關係？」高立民馬上裝出漠不關心的樣子，淡淡然地轉身走回教室。

　　然而，當他轉過身去後，臉上卻忍不住泛起了一絲笑意，心裏想：「此刻的黃子祺已經今非昔比，假如現在跟他同場比賽，誰勝誰負還真的說不準，這樣不是更有意思嗎？嘿嘿！」

SPORTS DAY

第八章　束手無策

　　萬眾矚目的陸運會終於來臨了，第一次以選手身分踏進運動場的黃子祺，緊張得心頭忽上忽下地躍動，就好像是一顆彈力十足的乒乓球。

　　他剛在看台上坐下，還來不及紓緩緊張的情緒，便已經要出發去參加男子組的擲球比賽了。不過他還是慶幸擲球比賽的時間比二百米初賽為先，可以讓他有充足的緩衝時間。

　　擲球比賽很簡單，選手只要從旁

邊的膠桶中取出一個網球，先向前急跑幾步，然後用盡全力把網球向着前方擲出去，誰能把球扔得最遠的，誰便是勝利者。

當黃子祺來到設於大草坪上的比賽場地時，很多參賽者已經一個挨着一個地排成長龍，他只好跟着大夥兒排在最後。

才剛站好沒多久，便已經有兩位男生緊跟在後頭，他不經意地回頭一看，發現他們正是前陣子曾經嘲笑過他的鄰班同學張浩生和許立德。

「怎麼又是他們？」黃子祺暗皺

眉頭。

　　張浩生一見到黃子祺，便「嘿」的一聲跟許立德說：「原來我們的對手那麼弱，看來這個獎牌是非我們莫屬了！」

　　許立德輕蔑地看了黃子祺一眼，
便肆無忌憚地哈哈大笑起來。

　　換了平日，黃子祺也許早就被他
們氣瘋了，但在今天這種重要時刻，
黃子祺根本懶得看他們一眼，只聚精
會神地注視着比賽中的選手，觀摩別
人的擲球姿勢。

「他居然不理睬我們？」二人討
了個沒趣，只好轉而自顧自地在互相
打罵調笑。由於他們是最後兩位參賽
者，為了打發時間，二人開始打鬧起
來，不知不覺便離開了投擲區的安全
範圍，走到左前方的一個角落去了。

這時，正預備擲球的是一位身材

高大的男生，他先把握着網球的右手盡量往後伸展，身子斜斜地往右傾，然後再借力把網球扔出去。然而就在他扔出去的一剎那，握着網球的手忽然一鬆，網球便意外地向右邊甩了出去。

草坪的右邊跟跑道距離比較接近，老師們為免發生意外，早就在跑道旁邊設置了圍欄，

而網球恰好撞在圍欄上去了。不過由
於那男生是全力施為，甩出去的網球

勁道十足，撞上圍欄後不但未有止住
去勢，還往相反的方向反彈回來，而
這個相反的方向，正正就是張浩生和
許立德身處的那個角落。

同學和老師們都大吃一驚，急忙大聲喊道：「同學，小心啊！」

可是張浩生和許立德此刻正背對着投擲區在嬉戲，並沒有留意比賽的情況，對於自己正處於險境完全懵然不知，更別說能及時躲避開去了。

「怎麼辦？」倉皇間，大家都束手無策。

眼看帶勁的網球正來勢洶洶地向着張浩生和許立德直飛過去，跟他們最接近的黃子祺慌忙出言提醒：「張浩生，許立德，小心啊！」他邊說邊不顧一切地向他們飛奔過去，並使盡全力把他們往另一個方向推。

張浩生和許立德冷不防背後有人猛力一推，都不由自主地往旁邊跌出了好幾步才穩住身子，雖然如此，但他們總算是安全了。反觀英勇救人的黃子祺，由於用力過猛，右邊的腳踝歪了一下，整個人便跌坐在地上去了。

怎麼回事
了啊？

嗖

「怎麼回事了啊？」忽然被人從背後襲擊，張浩生和許立德生氣極了，正要回頭找生事者算帳，豈料他們還來不及轉身，一個帶勁的網球便「嗖」的一聲從他們眼前擦過，二人都驚訝得張口結舌，罵人的話統統跟着球化作一溜煙飛遠了。

‧‧‧‧‧‧

原來剛才黃子祺救了自己一命呢，而自己卻還不知好歹地責怪人家，他們這才恍然大悟，趕忙合力把坐在地上的黃子祺扶起來，連聲慰問道：「怎麼了？你還好吧？謝謝你救了我們！」

　　黃子祺伸手揉了揉右腳腳踝，再往地上輕蹬了好幾下，並未有特別疼

痛的感覺，於是拍了拍胸膛說：「放心，我沒事！」

擲球比賽結束後，黃子祺慢慢地走回看台，胡直注意到他走路的動作有點生硬，奇怪地問：「怎麼你走起路來怪怪的？不會是受傷了吧？」

周志明也跑過來關心地問：「你受傷了嗎？哪兒受傷了？」

文樂心聞言也不禁替黃子祺擔心起來：「哎呀，二百米初賽快要開始了，你不會不能出賽了吧？」

坐在旁邊的高立民瞄了黃子祺雙腿一眼，一臉思疑地笑說：「該不會

是想臨陣退縮吧？」

黃子祺一聽便來氣，急忙向大家展示自己的腿，故意澄清地道：「你們看，我的腿好得很呢，哪有什麼事啊！」

大家見他的一雙腿果然毫髮無損，才安心地吁了一口氣。

周志明馬上用力一拍他的肩膀，耍無賴地說：「可惡，居然害我為你白擔心一場，不行，你一定要補償我心靈上的損失！」

黃子祺無奈地一攤手問：「你想怎麼補償？」

周志明一本正經地說：「很簡單，就罰你一定要拿到獎牌吧！」

　　黃子祺先是一愣，繼而開懷地笑着跳上前跟他一擊掌，朗聲地答應道：「好，一言為定！」

第十章　患難相扶

　　不一會，老師宣布二百米初賽開始第一次召集，參賽者胡直、黃子祺和高立民都趕緊來到集合地點預備出賽。

　　當大家站在起點前熱身的時候，
位於黃子祺右邊賽道的胡直朝他打了
個加油的手勢，為他打氣道：「別緊
張，這是初賽而已，你只要保持一貫
水準，要入圍一點也不難，就當作是

在練習便可以了。」

　　站在黃子祺左邊的高立民同樣很想對他說點鼓勵的話，但又自覺有些難為情，只好故作冷淡地說：「對啊，胡老師只要求我們參加比賽而已，根本沒期望什麼，只要盡力而為就好。」

　　可惜黃子祺並不領情，一雙眼睛還滿含挑戰意味地看着他，一個字一個字地說：

「看吧，這次我一定會打敗你的！」

高立民也沒在意，只抿着嘴笑笑說：「好啊，我等着看你的精彩表現呢！」

黃子祺表面上雖然自信滿滿，但當他蹲下身擺出起跑的姿勢，一雙眼睛直望着跑道前方時，心還是禁不住撲通撲通地跳。

　　當裁判的哨子聲一響，所有參賽
者便同時發力一蹬，拼盡全力地向終
點狂奔。黃子祺當然也是全力以赴，
而且起步的表現似乎很不錯，竟然能
跟胡直和高立民並肩地領在前頭。

　　不過不知道自己是否用力過猛，
剛才起步的那一蹬，他感到自己右腿

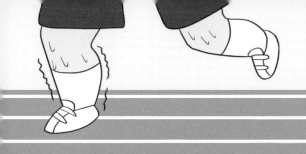

的筋抽搐了一下。起先他只以為是偶發的情況，並沒有太在意，可是當他再多跑幾步後，那種疼痛的感覺不但沒有消失，反而漸漸強烈起來。

腳踝的劇痛，令他的步速瞬即慢了下來。

高立民注意到黃子祺忽然落在後

頭，不禁詫異地回頭一看，只見他跑得一拐一歪的，很明顯是受傷了。

高立民心中暗罵道：「黃子祺這個笨蛋！自己剛才分明就已經受傷了，為什麼還要勉強下場比賽呢？萬一令傷勢惡化可不是鬧着玩的啊！」

然而，黃子祺仍然一步一步地向前跑，並沒有停下來的意思。

高立民邊跑邊不停地回頭察看，嘴上忍不住罵罵咧咧的：「這個笨蛋到底在幹什麼？為什麼還不停下來？」

這時的高立民正領先跑在最前

方，跟終點的距離也只餘下大概三十多米，他只要再往前多跑幾步，便可以第一名出線。他遲疑地看着已經在望的終點，又回頭看了看正在勉力地往前走的黃子祺，終於狠狠地一跺腳，朝黃子祺的方向往回跑。

「那個同學怎麼回事？」在場的所有老師和同學，都被他這個意外之舉弄糊塗了。

黃子祺見高立民回頭朝自己跑來，更是詫異得張大了嘴巴，問道：「你怎麼跑回來了？」

「還不都是因為你！」高立民沒

好氣地拉着他的手，企圖勸止他道：「你的右腳受傷了吧？別跑了，你再這樣會弄傷筋骨的！」

黃子祺當然也知道箇中利害，但他為了參加這個比賽，花了整整一個月的時間去練習，現在終點近在眼前，他怎麼甘心就此放棄？

「不行，我無論如何也得完成賽事！」他猛地甩開了高立民的手，固執地一拐一拐繼續向前跑。

高立民既焦急又擔心，但又拿他沒轍，只好妥協地點點頭道：「好吧，我來陪你！」

「什麼？」黃子祺還來不及反應，高立民已經出其不意地把他的胳膊搭在自己的肩膀上，用力攙扶着他一起往前邁步。

「唏，高立民你這是幹什麼？」黃子祺吃驚地問。

　　高立民若無其事地笑笑說：「還
能幹什麼？當然就是要直衝終點
啦！」他邊說邊用力扶着黃子祺，一

步一步地向着終點走去。

　　這時其他選手早已到達終點，賽
道上只剩下他們倆，其他同學和老師
看明白是怎麼一回事後，都不約而同
地鼓掌為他們打氣。

第十一章　握手言和

　　在同學和老師們的鼓勵下，高立
民和黃子祺好不容易終於來到終點，

全場立時掀起了一片熱烈的掌聲和歡
呼聲，聲浪之大，幾乎足以把天上的
飛鳥嚇得從天上掉下來。

　　這種震撼的場面，黃子祺何曾經
歷過？他驚喜地大喊：「我們是最後
一個到達終點，怎麼大家還給我們這

麼熱烈的掌聲啊？」

　　「當然是因為我們跑了個第一名啦！」高立民驕傲地一揚手臂說。

　　黃子祺嚇了一跳，連忙問：「什麼第一名？你在做夢嗎？」

　　高立民調皮地眨眨眼睛，幽默地笑道：

黃子祺目光定定地望着他，忽然有些醒悟過來：「對啊，高立民是很有機會可以拿第一名的，但他因為我而放棄了。」內疚的情緒一下子像浪濤般直湧心頭。他一臉抱歉地說：「高立民，對不起啦，沒想到我又一次連累你了！」

　　高立民豁達地一揚手，說：「噓，說什麼連累不連累的？我反倒要謝謝你呢！」

　　「謝謝我什麼？」他奇怪地問。

　　「雖然我已經拿過好幾面金牌，但也從未得過如此震撼的掌聲，感覺

好像是在當明星呢！」

黃子祺笑了，他知道高立民只是在安慰自己，心裏也就更是感激，他不禁由衷地說：「謝謝你，高立民！」

「嘿，別以為我會就此放過你啊，待你的腳傷痊癒後，我還會再跟你一決高下呢！」高立民半認真半開玩笑地說。

黃子祺笑着接口道：「好呀，儘管放馬過來！」

就在這時，前方的草坪上有兩個一高一矮的身影朝他們直奔過來，原來正是黃子祺剛才所救的張浩生和許

立德。

　　他們匆匆來到黃子祺跟前，爭相
低頭察看他的右腳，連聲關心地問：
「你的腳沒事吧？一定是剛才救我們
的時候受傷了！」

黃子祺看着他們緊張兮兮的樣子，忍不住笑說：「沒事，不過就是扭傷了一點點而已！」

「都是我們不好，沒有遵守比賽規則，擅自離開了比賽的安全範圍，才會害你受傷，而我們之前還那樣嘲笑你，真的很對不起呢！」他們一臉愧疚地垂下頭來。

黃子祺得意地指了指四周的看台，說：「算了，正因為這樣，我才有現在的威風呢！」

他們見黃子祺沒怪自己，頓時安心地跟着笑說：「也對啊！」

當陸運會接近尾聲時，老師開始
透過廣播宣布得獎名單，並召集各得
獎者到頒獎台前領獎。

　　忽然，場內的揚聲器傳來這一
句：「高立民和黃子祺，請立即到頒
獎台！」

高立民和黃子祺都愣住了，怎麼老師會忽然喊他們的名字呢？他們再仔細一聽，原來是剛才的二百米賽跑即將舉行頒獎儀式。可是他們連決賽的資格也沒有，為什麼老師還要他們到頒獎台呢？難道老師弄錯了？

他們懷着滿腹疑團來到頒獎台，正想向在場的老師查問是怎麼

一回事時，負責頒獎的羅校長已經主
動走到他們身邊，和顏悅色地說：「你
們一定是在想：我們連名次也沒有，
老師還找我們來幹什麼？
對吧？」

高立民和黃子祺面面相覷，都詫異得說不出話來。

　　羅校長笑了笑又說：「其實，運動的真正意義並不在於名次，你們剛才比賽時英勇救人、互相扶持的行為，老師們都有目共睹。即使你們沒有任何名次，但你們

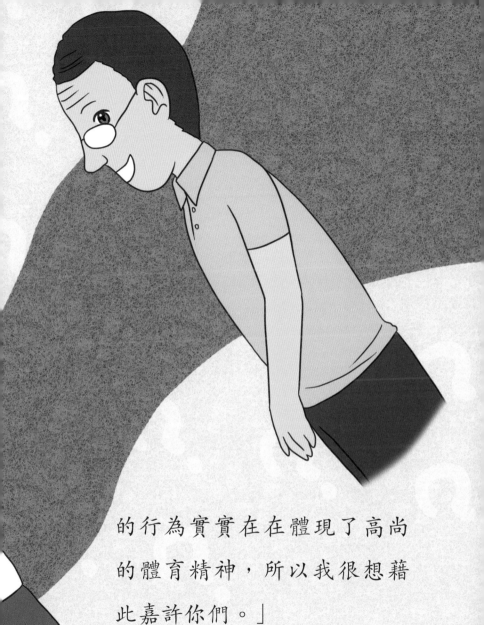

的行為實實在在體現了高尚
的體育精神，所以我很想藉
此嘉許你們。」

　　被羅校長如此一誇，他們都高興
得好像要飛起來了，忙不迭地鞠躬道
謝：「謝謝羅校長。」

　　臨離開前的一剎那，羅校長忽然

在黃子祺耳邊說了一句悄悄話：「這些日子以來，你每天在操場上練跑的表現我都看在眼內，你是有實力的，要繼續努力啊！」

黃子祺的眼睛一下子變得熱乎乎的，心頭感到一陣無比的舒暢，頓覺之前的訓練即使有多艱苦也是值得的。

第十二章 再決高下

　　陸運會已經曲終人散，但隔天回到教室時，大家還在熱烈地討論着昨天的賽果。

　　謝海詩統計了各同學在比賽中所得的獎項，最終得出了一個結論：「我們班本年度的最佳運動員是——胡直，他取得了兩金一銅的好成績！」

　　同學們一聽，都興奮地為他鼓
掌。

　　文樂心佩服地朝他豎起大拇指，
讚道：「哇，胡直你很厲害啊！」

　　吳慧珠一臉羨慕地歎道：「如果
我能擁有他一半的運動細胞，我便心
滿意足了！」

聽到大家的誇
讚，胡直害羞得有些
不知所措地撓着後腦
勺，紅着臉笑道：「其實
我只是僥幸啦！假如高立民沒
有忽然退出，二百米的金牌得主肯
定不會是我。」

　　身為胡直好兄弟的
高立民立刻替他修正道：
「怎麼會？在初賽時你跟
我也只有一步之差，

HP

誰是真正的冠軍還是未知數呢！」

周志明忽然回頭問黃子祺：「對了，你和高立民還未分出高下啊，你們什麼時候再比試？」

再次提起自己之前的愚蠢行為，黃子祺不免有些尷尬，支支吾吾的想要岔開話題：「什麼比試啊？我們只是

參加陸運會而已。」

　　沒想到高立民卻爽快地答道：「沒問題呀，下個月我們便再來一場比試吧！」

　　「太好了！」周志明一聽可來勁了，忙推波助瀾地連聲追問：「比什麼？怎麼比？」

黃子祺登時臉有難色，說：「還要比？不好吧？」

　　「有什麼不好的？有競爭才有進步嘛！」周志明嘻嘻笑道。

　　高立民竟然也贊同地點點頭，說：「對，我也覺得挺好的。不過，再比運動已經沒什麼意思了，我想比

一比別的。」

周志明像個記者似的尋根究底追問道：「那麼你預備要比什麼呀？」

黃子祺不解地看了高立民一眼。即使在他們鬧不和的時候，高立民也從來沒有主動要跟他比的意思，他今天怎麼回事了？

他正自疑惑，高立民已經笑着開口道：「很簡單，下月初便是中期考試，不如我們便來比一比成績吧，怎麼樣？」

黃子祺立時抗議道：「這不公平，你的成績向來比我好得多，我哪能跟

你比？」

　　「那麼就由我來幫你補課好了！如果你的考試成績能比之前進步一成以上，便算你贏，好嗎？」高立民朝黃子祺挑戰似的揚了揚眉。

　　黃子祺本來就是個貪玩的孩子，又如何能經得起這樣的挑撥？他不假思索便點頭答應：「好呀，比就比，誰怕誰呀！」

看來，另一場世紀大戰，又將上
演了。

江小柔一臉不解地問：「為什麼
男生們什麼都能拿來較量？」

文樂心搖搖頭，歎道：「唉，
看來我們班很難會有清靜的
日子了！」

鬥嘴一班

誰是冠軍？

作　　者：卓瑩
插　　圖：Chiki Wong
責任編輯：劉慧燕
美術設計：李成宇
出　　版：新雅文化事業有限公司
　　　　　香港英皇道 499 號北角工業大廈 18 樓
　　　　　電話：(852) 2138 7998
　　　　　傳真：(852) 2597 4003
　　　　　網址：http://www.sunya.com.hk
　　　　　電郵：marketing@sunya.com.hk
發　　行：香港聯合書刊物流有限公司
　　　　　香港荃灣德士古道 220-248 號荃灣工業中心 16 樓
　　　　　電話：(852) 2150 2100
　　　　　傳真：(852) 2407 3062
　　　　　電郵：info@suplogistics.com.hk
印　　刷：中華商務彩色印刷有限公司
　　　　　香港新界大埔汀麗路 36 號
版　　次：二〇一六年六月初版
　　　　　二〇二二年十一月第七次印刷

ISBN: 978-962-08-6558-9
18/F, North Point Industrial Building, 499 King's Road, Hong Kong
Published in Hong Kong SAR, China
Printed in China